ALGARABÍA EN LA GRANJA

Para Richard Scholtz; ¡bailo cada vez que él toca! — M. R. M.
Para mi amigo Serge — S. F.

Barefoot Books
2067 Massachusetts Ave
Cambridge, MA 02140

La composición tipográfica de este libro se hizo en Bembo Schoolbook y en Cerigo Bold.
Las ilustraciones se hicieron con pinturas acrílicas y pasteles.

Diseño gráfico por Barefoot Books, Bath, Inglaterra. Diseño gráfico por Judy Linard, Londres.
Separación de colores por Bright Arts, Singapur. Impreso y encuadernado en China por Printplus Ltd.

Este libro fue impreso en papel 100 por ciento libre de ácido.

con CD ISBN 978-1-84686-282-3   sin CD ISBN 978-1-84686-283-0

Library of Congress Cataloging-in-Publication Data
MacDonald, Margaret Read, 1940-
  [Hen, a chick, and a string guitar. Spanish]
  Algarabía en la granja / Margaret Read MacDonald ; [illustrated by] Sophie Fatus.
    p. cm.
  Summary: A cumulative tale from Chile that begins with a hen and ends with sixteen different animals and a guitar.
  ISBN 978-1-84686-282-3 (alk. paper)
  [1. Folklore--Chile. 2. Spanish language materials.] I. Fatus, Sophie, ill. II. Title.
  PZ73.M18 2009
  398.20983--dc22

                                    [E]
                                                    2008037946
                    1 3 5 7 9 8 6 4 2

ALGARABÍA EN LA GRANJA

Basado en un cuento del folclor chileno

escrito por Margaret Read MacDonald

ilustrado por Sophie Fatus

Barefoot Books
Celebrating Art and Story

Abuelo me dio una gallina.

¡Clo! ¡Clo! ¡Clo! ¡Clo! ¡Clo! ¡Clo!

¡Ay! ¡Ay! ¡Ay! ¡Roja gallina!
¡Clo! ¡Clo! ¡Clo! ¡Clo! ¡Clo! ¡Clo!
Y esa gallina
me dio un pollito.
Tengo una gallina.
Tengo un pollito.

¡Ay! ¡Ay! ¡Ay! ¡Ay! ¡Ay!
Ya tengo dos animales.

Abuela me dio una patita.

¡Cuac! ¡Cuac!

¡Cuac! ¡Cuac!

¡Ay! ¡Ay! ¡Ay! ¡Blanca patita!
¡Cuac! ¡Cuac! ¡Cuac!
Y esa pata
me dio un patito.

Tengo una pata.
Tengo un patito.
Tengo una gallina.
Tengo un pollito.

¡Ay! ¡Ay! ¡Ay! ¡Ay! ¡Ay!
Ya tengo cuatro animales.

Tío me dio una gatita.

¡Miau! ¡Miau! ¡Miau!

¡Ay! ¡Ay! ¡Ay! ¡Gata amarilla!
¡Miau! ¡Miau! ¡Miau!
Y esa gata
me dio un gatito.

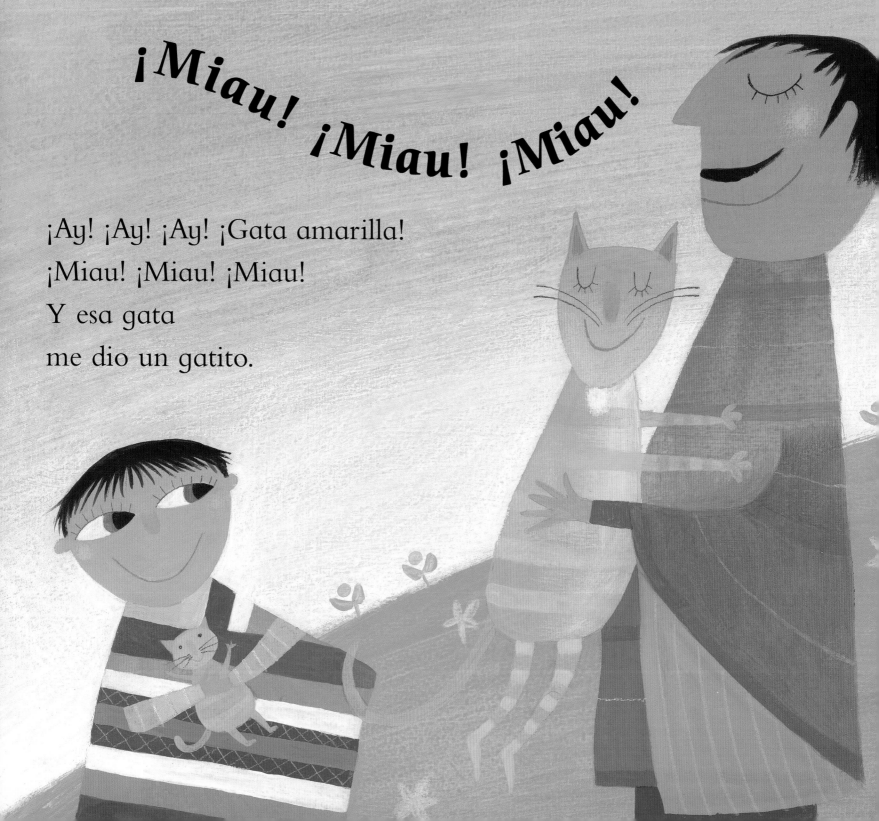

Tengo una gata.
Tengo un gatito.
Tengo una pata.
Tengo un patito.
Tengo una gallina.
Tengo un pollito.

¡Ay! ¡Ay! ¡Ay! ¡Ay! ¡Ay!
Ya tengo seis animales.

Tía me dio una perrita.

¡Guau! ¡Guau! ¡Guau! ¡Guau!

¡Ay! ¡Ay! ¡Ay! ¡Qué perra tan negra!
¡Guau! ¡Guau! ¡Guau!

Y esa perra
me dio un perrito.

Tengo una perra.
Tengo un perrito.
Tengo una gata.
Tengo un gatito.
Tengo una pata.
Tengo un patito.
Tengo una gallina.
Tengo un pollito.

¡Ay! ¡Ay! ¡Ay! ¡Ay! ¡Ay!
Ya tengo ocho animales.

Hermano me dio una ovejita.

¡Bee! ¡Bee!

¡Ay! ¡Ay! ¡Ay! ¡Blanca ovejita!
¡Bee! ¡Bee!

Y esa oveja
me dio un cordero.

Tengo una oveja.
Tengo un cordero.
Perra... perrito.
Gata... gatito.
Pata... patito.
Gallina... pollito.

¡Ay! ¡Ay! ¡Ay! ¡Ay! ¡Ay!
Ya tengo diez
animales.

Hermana me dio una cerdita.

¡Oinc! ¡Oinc! ¡Oinc! ¡Oinc!

¡Ay! ¡Ay! ¡Ay! ¡Cerda rosada!
¡Oinc! ¡Oinc! ¡Oinc! ¡Oinc!
Y esa cerda
me dio un cerdito.

Tengo una cerda.
Tengo un cerdito.
Oveja... cordero.
Perra... perrito.
Gata... gatito.
Pata... patito.
Tengo una gallina.
Tengo un pollito.

¡Ay! ¡Ay! ¡Ay! ¡Ay! ¡Ay!
Ya tengo doce animales.

Mamá me dio una vaquita.

¡Muu! ¡Muu!

¡Ay! ¡Ay! ¡Ay! ¡Qué vaca café!
¡Muu! ¡Muu!
Y esa vaca
me dio un becerro.

Tengo una vaca.
Tengo un becerro.
Cerda... cerdito.
Oveja... cordero.
Perra... perrito.
Gata... gatito.
Pata... patito.
Gallina... pollito.

¡Ay! ¡Ay! ¡Ay! ¡Ay! ¡Ay!
Ya tengo catorce animales.

Papá me dio una yegüita.

¡**Hin**! ¡**Hin**!

¡Ay! ¡Ay! ¡Ay! ¡Qué yegua tan gris!
¡Hin! ¡Hin!
Y esa yegua
me dio un potrito.

Tengo una yegua.
Y tengo un potrito.

Vaca... becerro.

Cerda... cerdito.

Oveja... cordero.

Perra... perrito.

Gata... gatito.

Pata... patito.

Tengo una gallina.
Y tengo un pollito.

¡Ay! ¡Ay! ¡Ay! ¡Ay! ¡Ay!
Tengo dieciséis animales.

Mi amigo me dio una guitarra.

¡Tran! ¡Tran!
¡Tran! ¡Tran! ¡Tran!
¡Ay! ¡Ay! ¡Ay! ¡Linda guitarra!
¡Tran! ¡Tran! ¡Tran! ¡Tran! ¡Tran!

Y cada vez que la hago sonar,
mis animales vienen a bailar.

La yegua baila;
el potro baila.

La vaca baila;
el becerro baila.

La cerda baila;
el cerdito baila.

La oveja baila;
el cordero baila.

La perra baila;
el perrito baila.

La gata baila;
el gatito baila.

La pata baila;
el patito baila.

La gallina baila;
el pollito baila.

Todos bailan,
y yo también.

¡Ay! ¡Ay! ¡Ay! ¡Ay! ¡Ay!
Aquí están mis animales.

FUENTES

Este cuento se inspiró en el libro *Folclor chileno* de Oreste Plath (Santiago: Nascimento, 1969). También se encuentra un texto parecido en *Folklore portorriqueño* de Rafael Ramírez de Arellano (Madrid: Centro de Estudios Históricos, 1926). El relato aparece en forma de canción popular en *Folktales of Mexico* de Américo Paredes (University of Chicago Press, 1970). El narrador de cuentos chileno, Carlos Genovese, nos informa que hay varias versiones de este cuento en Chile y en América Latina. Por lo general, el niño tiene una moneda de real y medio con la que comienza a comprar animales. En este libro se han tomado ciertas libertades con el relato para crear una versión infantil divertida y juguetona. En algunas partes, el relato parece ser una canción popular y, en otras, una sencilla narración. La artista eligió un ambiente andino aimara para ilustrar el cuento. El pueblo aimara vive en el extremo nordeste de Chile.

Para la partitura de la música de este libro, favor visitar nuestra página web.